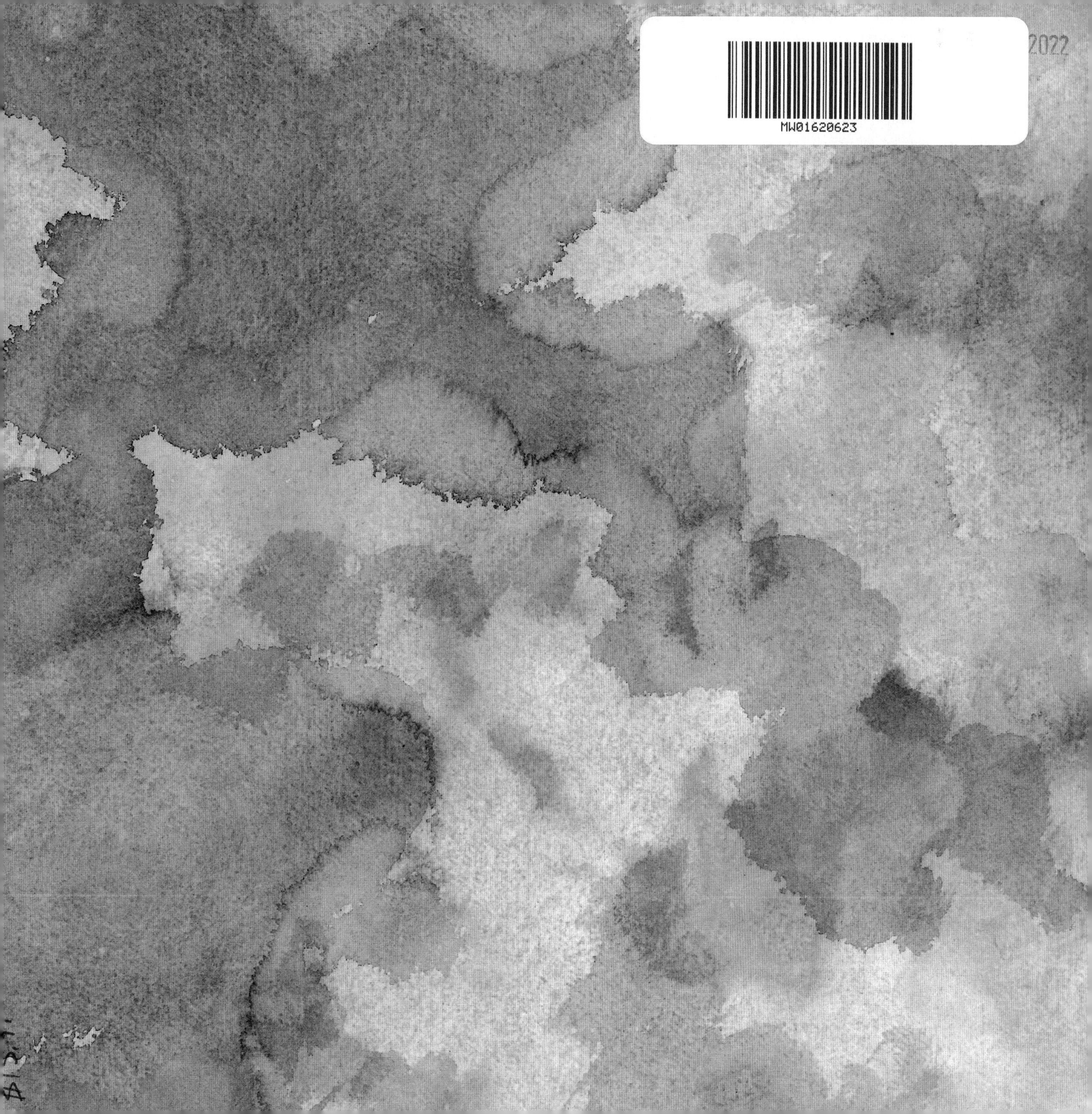

A la familia, a toda.

Elisa

A mis sobrinos: Clara, Bru,
Oriol, Laia, Guillem, Joana, Gil, Sara,
Júlia y Marta.

Francesc

LAS BOTAS DEL GENERAL

Texto: Elisenda Ramon
Ilustraciones: Francesc Rovira

Primera edición:
Febrero de 2021

ISBN 978-84-17210-80-9
Depósito legal: B 18312-2020

Editorial el Pirata
C. Ribot i Serra, 162 bis
08208 - Sabadell (Barcelona)
info@editorialelpirata.com
www.editorialelpirata.com

Impresión Toppan

UN CUENTO PARA LA PAZ

LAS BOTAS DEL GENERAL

TEXTO DE ELISA RAMON
ILUSTRACIONES DE FRANCESC ROVIRA

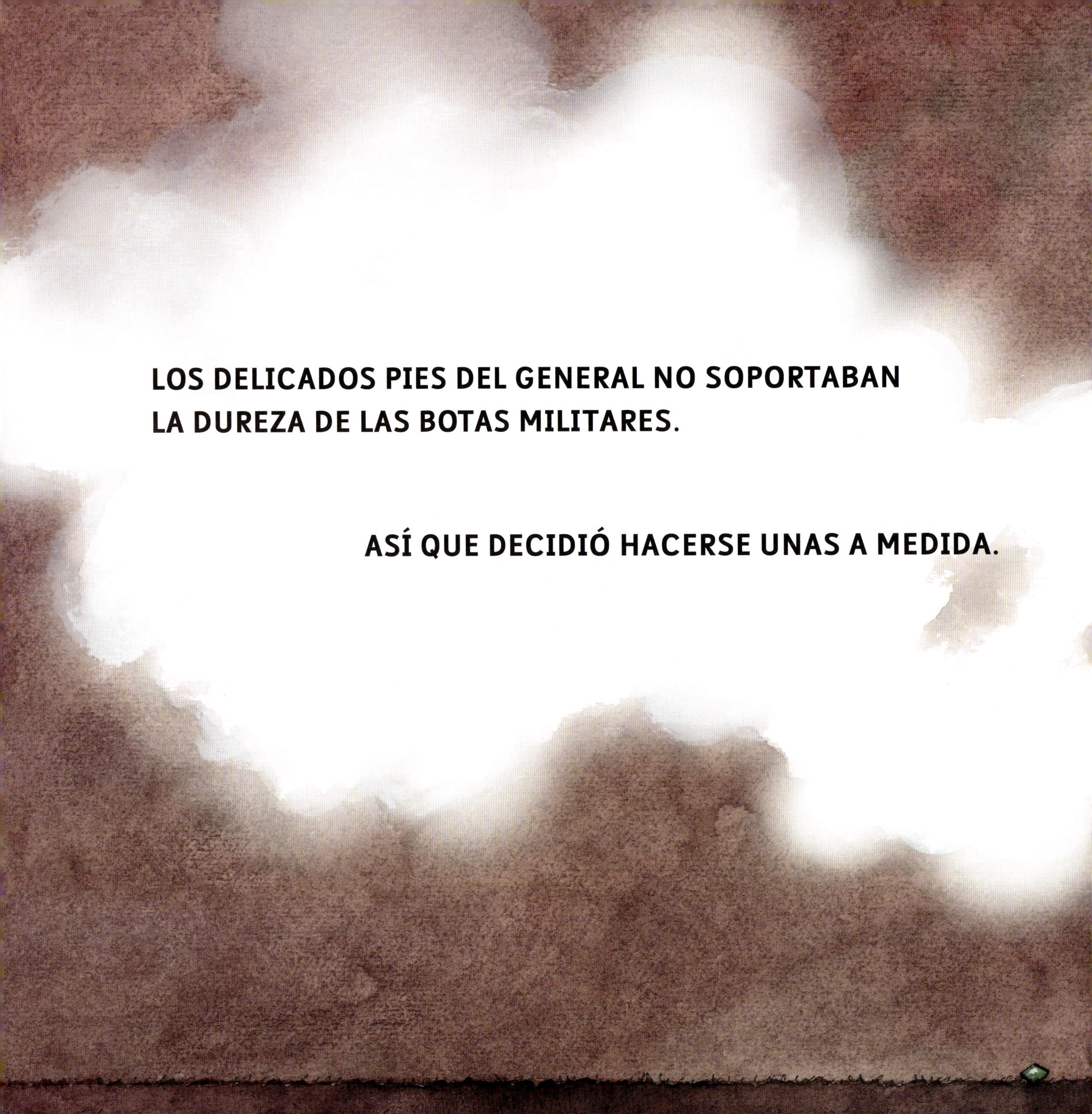

LOS DELICADOS PIES DEL GENERAL NO SOPORTABAN LA DUREZA DE LAS BOTAS MILITARES.

ASÍ QUE DECIDIÓ HACERSE UNAS A MEDIDA.

FUE AL MEJOR ZAPATERO.

EL ZAPATERO TENÍA UNA GRAN
VARIEDAD DE PIELES,
TODAS ELLAS
DE MUY BUENA CALIDAD.

EL GENERAL ELIGIÓ LA PIEL
DE UN RINOCERONTE AFRICANO.

UNOS DÍAS MÁS TARDE FUE A RECOGERLAS.
LAS BOTAS LE QUEDABAN COMO UN GUANTE.
ERAN LIGERAS, RESISTENTES E IMPERMEABLES.

DEL ZAPATERO, EL GENERAL
SE FUE DIRECTAMENTE A LA GUERRA.

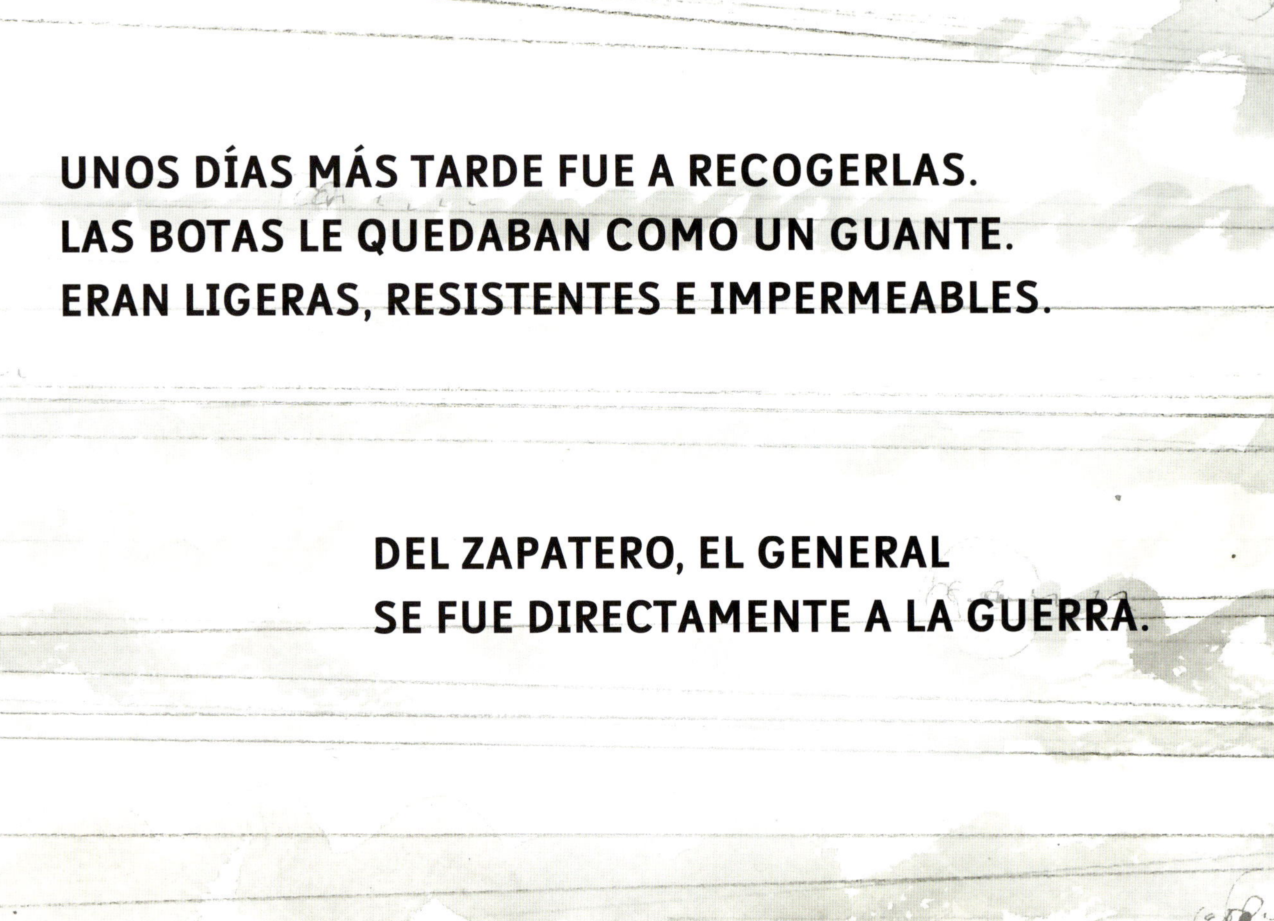

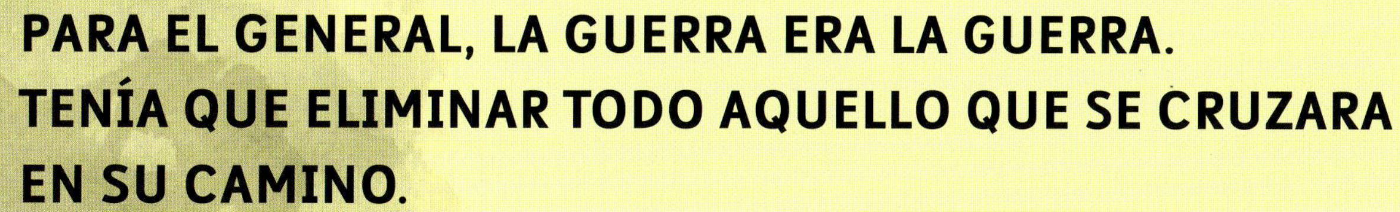

PARA EL GENERAL, LA GUERRA ERA LA GUERRA.
TENÍA QUE ELIMINAR TODO AQUELLO QUE SE CRUZARA
EN SU CAMINO.

EN LA GUERRA
SE MATABA,
Y BASTA.

PERO LOS SOLDADOS QUE ESTABAN BAJO SU MANDO
TENÍAN OTRA FORMA DE PENSAR.

LA GUERRA NO LES GUSTABA.
EL GENERAL NO LES GUSTABA.
EL OLOR A PÓLVORA NO LES GUSTABA.
LOS SILBIDOS DE LAS BALAS NO LES GUSTABAN.

ENTONCES, SI TODO AQUELLO NO LES GUSTABA,
¿QUÉ HACÍAN ALLÍ?

ESO MISMO PENSABAN LAS BOTAS.

LAS BOTAS DE PIEL DE RINOCERONTE AFRICANO
TENÍAN VIDA PROPIA.
PODÍAN OLISQUEAR, ESCUCHAR, SENTIR Y PENSAR.
Y PENSABAN COMO LOS SOLDADOS.

ENTONCES, ¿QUÉ HACÍAN ALLÍ?

ASÍ, CUANDO EL GENERAL ORDENÓ:
—¡¡¡AL ATAQUE!!! —DANDO UN PASO AL FRENTE, LAS BOTAS SE QUEDARON CLAVADAS EN EL SUELO Y EL GENERAL SE CAYÓ DE NARICES.

ESTA SITUACIÓN SE REPITIÓ UN PAR DE VECES MÁS.

MIENTRAS TANTO,
EL ENEMIGO AVANZABA
PASO A PASO.

CON DESPECHO, EL GENERAL ORDENÓ:
—¡¡¡RETIRADA!!!
LOS SOLDADOS ENTENDIERON:
—¡¡¡PARA CASA!!!
Y TODOS SE MARCHARON.

—¡VOLVED! ¡VOLVED!
Y LOS SOLDADOS ENTENDÍAN:
—¡CORRED! ¡CORRED!
Y CORRÍAN AÚN MÁS.

EL GENERAL SE QUEDÓ SOLO,
SIN PODER MOVERSE,
SIN ENTENDER NADA DE NADA.

CUANDO YA SE VEÍA CAPTURADO POR EL ENEMIGO, LAS BOTAS EMPEZARON A CORRER.

ARRANCARON A CORRER
CON LA RAPIDEZ DE UN RINOCERONTE AFRICANO.

CORRIERON HUYENDO DE LA GUERRA.

CRUZARON LÍNEAS ENEMIGAS.

CORRIERON ENTRE LOS TANQUES,
LOS CAMPOS MINADOS,
LOS PUEBLOS OCUPADOS,
¡Y SIN SUFRIR NI UN SOLO RASGUÑO!

EL GENERAL JADEABA, RESOPLABA;
NO PODÍA CON SU ALMA.

LAS BOTAS CORRIERON
HACIA EL HORIZONTE.

Y DESPUÉS HACIA EL SIGUIENTE HORIZONTE.

Y, DE REPENTE, LAS BOTAS SE DETUVIERON,
LEJOS DE LA GUERRA Y DE LA DESTRUCCIÓN.

NUNCA ES TARDE PARA CELEBRAR LA VIDA.
¿NO TE PARECE?